平成三十年喜寿記念

月季俳句

百句私撰集

平成三十年 喜寿記念

月季俳句 百句私撰集

―まえがき―

俳句をはじめて五年目の平成三十年、〝平成〟も区切りの年になった。昨年、日本豆乳協会を退職しヒマになった自分だが、今も週二～三日ほどの嘱託勤務をしている。普通に忙しい。

平成二十六年元旦から始めた私の俳句。一年四百句ほどの私の俳句は、パソコンファイルの中。四年半ほどで約千八百句ほどが収まる。自撰で俳句らしく思えるものは、全部で百句にもならない。朝日カルチャーセンターの（金子兜太先生）俳句教室で、俳誌「海程」編集長武田伸一先生の通信添削を丸三年受けてきた私の俳句だが、なかなか俳句らしくならない。

このような情況の中、この四年で私は、私撰の俳句集本を三冊も出した（平成二十七年三月刊『はじめての俳句』、平成二十八年五月刊『日々折々日々句々』、平成三十年一月刊『四季の自然と花ごころ』）。

平成も区切りになりそうな平成三十年、再びの私撰俳句集を単行本にすることにした。また今までと同じように、師友の谷内田孝氏に十二カ月の中扉画などの装丁画をお願いした。昨年（平成二十九年）の九月から十二月の俳句に続けて、平成三十年の一月から八月の俳句を繋ぎ、平成三十年の月季俳句集にした。

私撰した俳句百句とその月の季節や俳句に関わる詩やエッセイを加えた。湘南社の田中社長に相談したところ出版の快諾を得たので、刊行することにした。表紙画まで描いてくださった谷内田孝氏と編集の労をとってくださった湘南社の田中氏に感謝する次第です。

平成三十年（２０１８年）十月　著者　吉澤兄一

睦月

「三椏」

・みつまた（三椏）は、目立たない
・高級和紙の原料風を装わない
・白っぽい黄色の小さな花をつける
・白の沈丁花と似た小花で咲く
・控えめな甘い香りを漂わせる

みつまた

1. 季節の風と自然

蝋梅や藪三椏《みつまた》の露払い
静かなり一輪挿しの寒椿
雪布団包む草木や春隣り
札付のマンドラゴラや怒る冬

○蝋梅や藪三椏《みつまた》の露払い
春を感じさせる雪中の四花。椿、水仙、梅花と蝋梅（ロウバイ）。地味に黄色のかわいい花をつけ、甘い香りを漂わせる蝋梅。少し背丈のある落葉低木が、自分より少し低い三椏（ミツマタ）を従えて立つ。

柘植（ツゲ）、梔子（クチナシ）、柾（マサキ）などの緑葉低木の垣根に、沈丁花やアベリアなどに混ざり

蝋梅

仲間入り風を装う三椏。多くは、ふだん里山の原野や杉檜などの針葉樹林の灌木となって潜む。楮（コウゾ）、三椏（ミツマタ）、雁皮（ガンピ）といえば、和紙の三大原料。洋紙の原料パルプは木まるごとの幹を砕いてつくるが、和紙は三椏などの木の皮部分を梳き原料にする。日本の高級和紙の原料三椏は、特徴のある花で、甘い香りを放つ。

沈丁花と同じように花弁がなく長い柄つきの花芽に、白とも黄色ともいえる小花をつけた三椏が、蝋梅を見上げて咲く（鎌倉は長谷寺・観音堂庭の垣根堤）。

2. 季節の暮らしと人々

青い空初手水《はってうづ》する建長寺
静けさに足音残す初詣
子育てが評判の町松囃子

忘れ物何かを忘れ鬼やらひ

○青い空 初手水《はってうづ》する 建長寺

平成三十年（2018）戌年のわたしの初詣は明治神宮だったが、一月十三日（土）、わたしは鎌倉・江の島に向かった。妻と二人、はとバスツアーに参加。まずは、鎌倉五山の入口臨済宗大本山は、巨福山建長寺に入る。

今年何回目かの初手水《はってうづ》を使い、拝礼（参拝）する。初手水とは、もともと元旦の年始めの顔（手）洗いをいったらしいが、一般には初詣などでの寺社の手水舎での口や手の清め水使いをいっている。ならって〝初手水する〟とした。

建長寺

臨済宗といえば禅宗、禅宗といえば座禅やお茶などがイメージされるが、建長寺は鎌倉禅寺の中でも特に格調が高い。まだ桜（花）には早い正月だが、青い空好天の平成三十年一月十三日、ここ建長寺をあとに、鎌倉大仏から長谷寺に向かう。

如月

「地鳴き」

・風が暖かくなり、小川の水が温む
・家々の庭先に笑い声を聞き
・目をこすって、起きる
・チャッチャッと、小鳥の地鳴きを聞く
・鶯の稚拙な鳴き声を聞く

うぐいす

1．季節の風と自然

雪解風揺れる榛《はん》の木鶸《ひわ》の群れ
一夜明け白一色や笹小鳴
人の居ぬ里の庵や木の芽風
待春や垣根の三椏まだ綿毛
かすむ空土煙る丘草萌ゆる

○雪解風 揺れる榛《はん》の木 鶸《ひわ》の群れ

スズメ（雀）ほどの小さな野鳥ヒワは、鶸と書く。日本が冬支度に入る頃、シベリアの方より渡ってくるわりにはひ弱な鳥で、ペット飼いには向かない小鳥の鶸。鷽（ウソ）なども仲間で、カワラヒワやベニヒワやマヒワなどがいるが、単にヒワ（鶸）というと、マ

ヒワ（鶸）

ヒワをさすらしい。

里山や低地の比較的大柄な木々が好みのようで、大群の群れをなして枝先にとまる。少し暖かい雪解けの風の日などは、うす茶や濃い黄色のもえぎ色の雀似の鶸（ヒワ）が、榛の木の枝先が折れそうに群れてとまる。

○一夜明け 白一色や 笹小鳴

そろそろ春かなと思う頃、急に雪があったりする。一晩で真っ白になった笹藪の朝、鶯（ウソ）や鶯（ウグイス）などの幼鳥が、チャッ、チャッと鳴いていたりする。地鳴きしているなどというが、笹鳴きや笹子鳴きや笹小鳴きなどともいう。

2. 季節の暮らしと人々

介護園余寒のベッド壺中《こちゅう》かな
はしゃぐ子らカタクリの咲く楢林
山里の温む小川や縞どぜう
兜太逝く残雪が画く反戦の字

○介護園 余寒のベッド壺中《こちゅう》かな

よわい季語（余寒）に加え、余寒のベッドの世界をよく解らない〝壺中〟などと詠んだ稚拙を容赦してほしい。「壺中日月長」なる禅語を、そのまま使わせていただいた。小さな壺の中のような介護園のベッドだけの世界も、日々追われて暮らす現世より素敵な世界かもしれないという想いを希

介護園からの風景

望も含めて詠む。

一日一日を、ただ寝て暮らす超高齢の母。息子のわたしも含め、面会している誰かもわからず、ひたすらベッドで過ごす母に敬服する私。月一度しかない面会機会を鶴首する日々。

弥生
「春の月」
・月は秋、仲秋の名月ばかりではない
・澄んだ冬空の月もいいが 春の月がいい
・春の月は、その優しい潤んだ顔がいい
・夕暮れの山の上にみる春の月
・色うすく控えめ顔の春の月が微笑む

岐阜城と春の夕べの月

1．お買い上げの書名をお書きください。

2．ご購入の動機は何ですか？（下欄にチェックをご記入ください）。

- □ 本の内容・テーマ（タイトル）に興味があった
- □ 装丁（カバー・帯）やデザインに興味があった
- □ 書評や広告、ホームページを見て（媒体：　　　　　）
- □ 人にすすめられて（御関係：　　　　　）
- □ その他（　　　　　）

3．本書についてのご意見・ご感想があればお書きください。

4．今後どのような出版物をご希望になりますか？

どうもありがとうございました。

郵便はがき

お手数ですが切手を貼ってご投函ください。

2 5 1-0 0 3 5

神奈川県藤沢市
片瀬海岸 3-24-10-108
㈱湘南社 編集部行

TEL：0466-26-0068
URL：http://shonansya.com
e-mail：info@shonansya.com

ご住所	〒		
お名前	ふりがな	年齢	才
TEL			
メールアドレス	@		

1. 季節の風と自然

金華山城の夕べの春の月
満開の逆さ桜や城の池
粗々《あらあら》し鶯の声春惜しむ
沢蟹のさわぐ小川や春光る

○金華山城の夕べの春の月
ことしの春は早い。まだ三月だというのに、どこの桜（花）も満開。金華山、その前は斉藤道三の居城の岐阜城は、稲葉山。この俳句の〝城〟。桜咲く五城巡り旅ということで、二〇一八年三月二十八日、新幹線は「こだま」にて豊橋下車。ま

名古屋城の桜

ずは、バス。岡崎城観光から濃尾平野を横断して岐阜城公園に到着。

「美濃を制する者は、天下を制す」と言われた難攻不落の城、岐阜城へと金華山ロープウェーに乗る。下車。むかし稲葉山（斎藤道三）いま金華山（織田信長）の岐阜城は、天守閣に向かって歩く。天守からの濃尾平野の街並みを眺望し、下山に歩く。

山頂からの展望にやや不満を感じつつ下山。岐阜城公園にて満開のさくらを観光。そして夕暮れ近く。公園近くの駐車場から、ふと金華山を仰ぐ。山頂の岐阜城の斜め左上の夕空に、素敵な春の月を眺む。大きな満足を胸にその日の夕べ、犬山城の近くの名鉄犬山ホテルに入る。

2. 季節の暮らしと人々

難 題 は 原 発 デ ブ リ 春 霞 む

残 り 畝 数 え て 麦 を 踏 む 娘

水温む野菜洗ひの樋《とい》を引く
美濃駿府五城巡りや桜咲く

○難題は原発デブリ春霞む

七年前の二〇一一年三月十一日(金)、わが国観測史上最大級のマグニチュード9の大地震が、福島など東北地方をはじめとする東日本を襲った。ひきつづく余震と巨大津波が、家々や街などを飲み込んだ。同期するように起こった福島原発の爆発事故。ずっと前の旧ソ連チェルノブイリ原発事故を彷彿させた。

あれから七年と四か月、約二千六百五十日を過ぎた。どうやら福島原発の廃炉方針は決まったようだが、どのようなステップや工程で、どのよう

掛川城の桜と花々

に放射線付の燃料デブリを始末していくのか、明らかではない。原発燃料デブリの取り出しといっても、取り出したデブリの搬送や最終的な保管廃棄先も不確かなのだ。

東電や政府は、廃炉完了期限を四十年と言ったり、二〇二二年頃デブリ取出し開始などと言うが、信頼性や安心感に乏しい。「デブリ、デブリ」というがこのデブリ、雪崩や山や岩崩れとか津波や台風での河川泥流で発生した堆積物や瓦礫残骸とは性格が異なる。触れれば危険な放射線汚染デブリなのだ。

実に〝難題〟と思うのだが、やさしく〝春霞む〟に留めた。

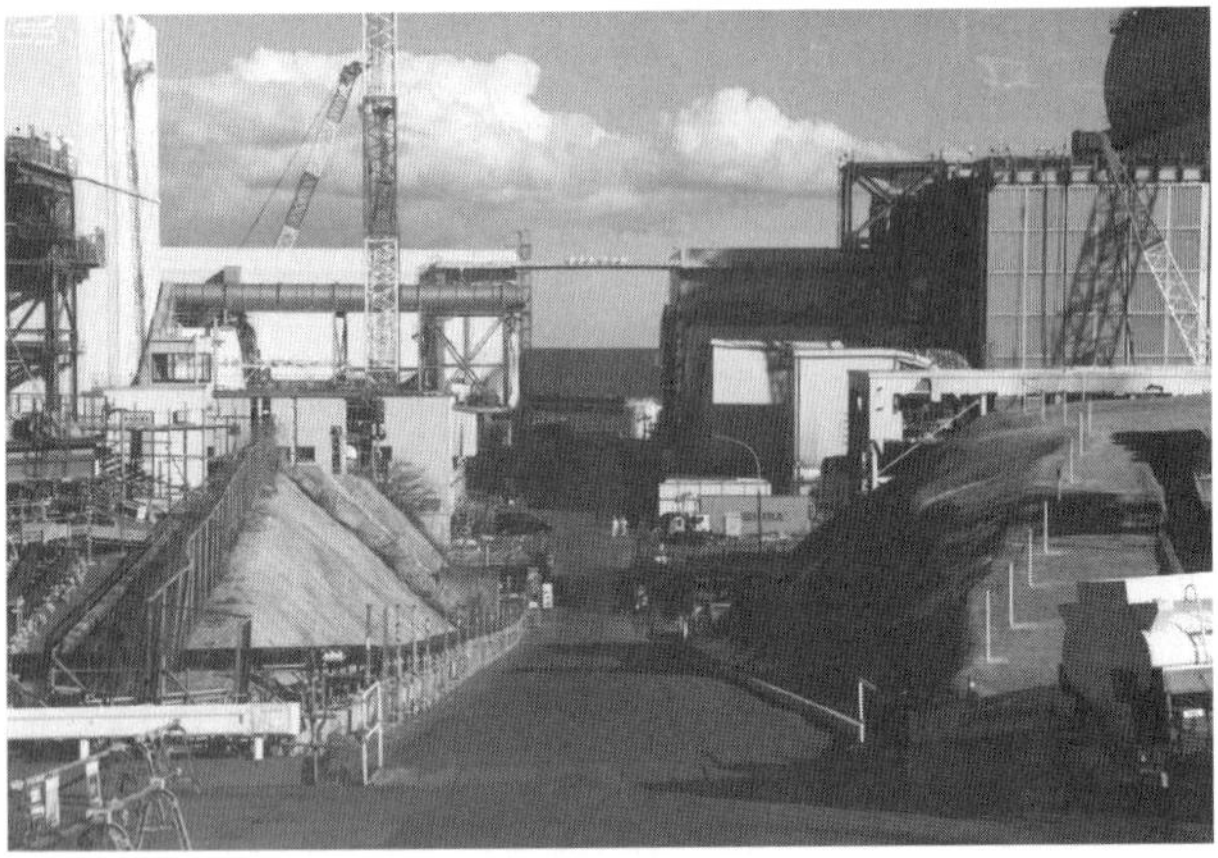

福島原発事故後

卯月

「ネモフィラ」

・青い五枚の花びらのネモフィラ
・一見路傍の雑草オオイヌフグリに似る
・ベビーブルーアイともいわれるルリ色
・ひたち海浜公園の丘をブルー一色に染める
・青い空と青い海と青い丘ネモフィラ

ネモフィラの丘と太平洋（上）

1. 季節の風と自然

青い空ネモフィラの青と青い海
藍一色ネモフィラ丘やあいの風
はとバスの帯広告の陽炎《かげろ》へる
しづけさや鶯の声けたたまし

○青い空 ネモフィラの青と青い海

二〇一八年四月二六日（木）は朝からの青天。前日の大雨荒天がウソのような快晴。青い空。上野駅浅草口のはとバス駐車場より、はとバスならぬ富士急観光バスで、茨城県は国営ひたち海浜公園に向かう。

ひたち海浜公園ネモフィラの丘

四季楽しめる国営ひたち海浜公園だが、特に春は快適。太平洋からの〝あいの風〟を受けて散策できる松林は、赤・黄・青紫・ピンクやオレンジのチューリップ。歩道サイドには、黄色をアクセントにした黄水仙や青紫や黄色のパンジーが目を休める。

松林や整えられた雑木林を過ぎると、春はネモフィラの丘。壮観。丘いっぱいに植育されたネモフィラの丘。コバルト・ブルーに癒やされるが、この丘の上から眺望する青い太平洋からそよいで来る青い風が、緑濃い林を越えてくる薫風と相まって〝あいの風〟になる。青い空、ネモフィラの青、青い海がすがすがしい。藍一色ネモフィラ丘や あいの風。

2. 季節の暮らしと人々

燕来て土日農家の朝早し

道渡る人、人、人ら初出勤

逝く人を偲ぶ古里春惜しむ
囀りに問いかける母介護園
藤の花訪ぬるバス旅足利へ

○燕来て土日農家の朝早し

生活も文化も農耕（民族）型のわが国だが、小さな国の基幹であった農業（従事）人口が激減している。総人口一億二千万人の日本だが、その人々が生活の単位にしている（総）世帯数は、約五千万世帯。うち二千万人ほどが一人住まいの単独世帯だから、残り三千万世帯に約一億人が暮らしていることになる。

この三千万世帯の約十％三百万が農家だったの

足利フラワーパークのふじ苑

が三十年ほど前。ここ三十年ほどの間に百万戸減り、ただいまの農家数は、約二百万戸。うち半分の約百万戸がいわゆる兼業農家。世帯主や働き手がふだんサラリーマンや公務員や商工従業者などをし、土日祝日に農業をしているいわゆる土日農家は、国全体で約五十万世帯で、全世帯の一パーセントぐらいとみられる。

この土日農家が、茨城県北中山間地のわがふる里の農業事情。うち後継ぎもいない高齢者農家が半分、残り半分が土日農家である。ただいま巣づくりたけなわのツバメ（燕）が忙しくする土日農家の田圃は、いま早苗成育の真っ最中。

皐月

「花筏」

・ハナイカダという落葉低木がある

・筏見立ての葉の上に 小さな花や実をつける

・風に散る桜の花びらがなす筏模様の花筏

・舞ひ散る花びらが筏になって淀み流れる

・花筏に小さな川魚が集まる

千鳥ヶ淵の桜

1．季節の風と自然

花筏担ぐと群れる小魚よ

籔山の一若竹の抜きん出る

鶯の声の拙さ孫の唄

万緑や阿武隈の山青い空

○花筏担ぐと群れる小魚よ

　ここ東京は、毎年三月も終わる頃から四月上・中旬が〝さくら〟（桜花）の時節。上野や目黒などの桜（花）が有名だが、靖国神社や皇居御苑や千鳥ヶ淵（半蔵門）など、サクラ・サクラに華やぐ。毎年四月あたりになると、昼休みや仕事の合間に職場から花見がてらの散歩をする千鳥ヶ淵。

半蔵門の大桐

今年は、適時期を逃し四月も終わるころになった。桜（花）は、ほとんどが若葉桜。お堀川面の花筏も少々貧弱。その花筏の周りに 小さな川魚が群れて顔を出す。だいぶ水が温んできたせいなのか、青い空や春の酸素に触れたかったのかを知らない。花筏を群れて担ごうとしているのかもしれない。

堀土手上の半蔵門の杜は、深緑。大きな桐の花の紫が満開だった。

2．季節の暮らしと人々

悲しきは電気柵なり青田かな
ふる里の喜寿の集いや麦の秋
人の居ぬ家ばかりなり春暮るる
吾と家と七十七路病みの無く

○悲しきは 電気柵なり 青田かな

ふる里茨城県北中山間地の稲田のほとんどは、棚田。あまり高くない山々と狭い山川や県道の間は、だいたい棚田。多くは区画整地されていない大小さまざまな形の水田が、棚田になっている。

自然の造形そのままの青棚田の景色に癒やされる。

毎年、百人二百人と人口流出する当該市。どこの家々も後継ぎがいない。わたしも含め、高等学校を終えると首都圏や県外に就職や大学といって転出する。ただいま、限界集落と言われているわがふる里の景色は、みどりの棚田。

その棚田の景色が変わった。二〇一一年三月の

棚田の電気牧柵

東日本大震災や福島原発事故があった翌年あたりからだ。以前から棚田農家の人々を悩まし続けた獣害問題。山を追われた鹿や猪が、田畑の農作物をねらって、山を下りて来ていた。原発事故を契機に、放射線を浴びた山の獣たちを〝食してはいけなく〟なって、ハンターの狩猟がなくなり田畑の害獣になった。

お蔭で急ぎ巡らすことになった害獣防御の電気牧柵。これが、いままでの自然造形の景色を壊した。いままで、何の危険意識もなく歩いたりした棚田農道の散策も〝気を付けて〟という次第。あちこちに〝危険〟の表示と電流配線表示となった。稲田すれすれに飛ぶツバメにも〝電気柵〟危険表示をわからせたい。

水無月

「白鷺」

・水田の緑が濃くなる頃 よく白鷺をみる
・コサギか、チュウサギかを知らない
・ことしの夏は、白鷺の飛来が多い
・農家にとって、白鷺はうれしい使い
・豊作と安全の保証書なのだ

耕田のシラサギ

1. 季節の風と自然

雨上がり湖面に一鵜 桜桃忌
白鷺の飛び立つ先の田守犬
万緑を逆さに映す棚田かな
脱げさうな殼を背負ゐて蝸牛

○雨上がり 湖面に一鵜 桜桃忌
ここ井の頭恩賜公園は、東京は武蔵野市と三鷹市にまたがる都立の公園。ＪＲ吉祥寺駅から徒歩で近い。近くの善福寺池や石神井公園の三宝寺池と並び武蔵野三大湧水池といわれる井の頭池を中心としてある。細長く広大な公園で、神田川の水

湖面の一鵜　井の頭池

源としても知られる井の頭池。

御殿山雑木林の西側に、井の頭自然文化園が続き、その先には三鷹の森ジブリ美術館がある。雑木林の南には、あの太宰治が入水自殺したといわれる玉川上水が流れている。桜桃忌六月十九日。雨上がりの井の頭池につづく弁財天先の弁天池は、おだやか。

メタセコイアやケヤキ（欅）やモミジ（紅葉）を映す湖面に、ただ一羽の川鵜（コイサギ？）が細い枝木の上に佇んでいる。羽を乾かしているのか、何かの獲物をさがしているのか、ただ休んでいるのか、知らない。

2．季節の暮らしと人々

捨田畑後継ぎも無し八重葎《むぐら》
青みどろ掬う足先蟹を追ふ

しづけさを破る羽音や黄金虫
あいの風初宮詣り諏訪神社

○捨田畑 後継ぎも無し 八重葎

中山間地の小さな農家の老夫婦の会話。「おじいさん、裏の野菜畑だけど、ことしは耕し種蒔きは止めたいんだけど……」「そうだね、野菜は結構面倒で……スーパーで買えるしね。それに、二人だと作るより買ったほうが、楽だしね」。

この二年ほど前の会話。「おばぁさん、家前の米作りの田圃は、隣のカッちゃんに頼んでいるけど……。谷津や越地の方の耕作も全部カッちゃんに譲ってしまおうと思うんだけど……」「そうだね、米は二人で食べる分あればいいしね。作るよ

諏訪神社 初宮詣り

り買った方が安いしね」。

こうして、一人の息子や一人の娘がとうの昔に首都圏のほうに自立居住し、後継ぎもなくなった農家の老夫婦。すでに八十歳を越え、もう農作業はできなくなっている。日本の増え続ける耕作放棄地は、こうして再生も困難な荒廃原野になっていく。

文月

「ラベンダー」
・ラベンダーといえば、北海道は富良野
・まるで紫の絨毯を広げたようなハーブ畑
・木本性といわれるが、紫を代表する草花
・薄い紫から濃い紫まで、紫の色を演出する
・紫色と香りをグラデーションするラベンダー

ラベンダー畑

1. 季節の風と自然

花めぐる四季彩の丘夏の雨
えぞ梅雨やハスカップ実の青の濃く
夏の雨ラベンダー舎の朝餉かな
ルピナスの赤青黄色風の庭
じゃが芋に負けぬ白さのヒメジオン

○花めぐる 四季彩の丘 夏の雨

梅雨が明け夏の天気空が暑い東京は、羽田から一時間半少し。蝦夷梅雨真っ只中だという北海道は旭川に着く。北海道に梅雨（期）はないということで予定した「富良野・美瑛の花々を訪ねる（バス）旅」。雨の旭川空港からの観光バスは、上富良

四季彩の丘

野方面に走る。ここも雨。

翌日の「風のガーデン」訪を前に、まずは旭川の「上野ファーム」。花のガーデン・デザイナー上野砂由紀さん本拠のガーデン。英国風なのか上野風なのか分からないが、富良野の「風のガーデン」とセットでの観賞が、理解を助ける。夏の雨に、みどりや花々がいきいきしていた。

翌二〇一八年七月四日の富良野も雨。「フラワーガーデン上富良野」での朝食を済ませ、バスは花人街道を美瑛は四季彩の丘に着く。パッチワークを装う丘畑やケンとメリーの一本木などを眺めて、四季彩の丘。ラベンダーの紫や色とりどりのポピーやルピナスのファームが美しい。

今晩は、青い池から白ひげの滝の白金温泉郷は、新富良野プリンス・ホテル泊。

2. 季節の暮らしと人々

真夏日や引越し手伝ひ孫の守り
夏の朝三角屋根の街散歩
蝦夷梅雨や後藤純男を識る館
青嵐ケンとメリーの一本樹
梅雨台風瓦礫と泥の街と家

○真夏日や 引越し手伝ひ 孫の守り

このところ、連日の真夏日の東京。ここ、流山市も同じ。朝からの灼熱の太陽の今日二〇一八年七月一日は、一番下の息子宅の引っ越し。現在の住まいも引っ越し先も、千葉県は流山市。ここも行き先も、マンションの二階なので、思うほど大

後藤純男美術館

フな引っ越しにはならない。

朝九時着の息子宅の前には、もう引越し会社のトラックが着いていた。足の踏み場もない息子宅には、昨日から来ていた札幌のご両親と息子夫婦が、作業着姿。すでに、片付けやダンボール箱詰めや運び作業が進んでいた。わたしたちに、手伝いできそうな余地が見当たらない。

わたしにできそうなシゴト？。生後二カ月ほどの孫の世話。ただ、授乳後らしくよく寝ている孫を〝見ている〟だけ。まあ、予想どおりの立ち位置を得られて大満足。ダンボール運びで汗している息子や札幌のご両親たちをディスターブしたりしているうちに、引越しのトラック第一便が出発。

第二便ということではないが途中、息子のクルマで新居マンションに向かう。家具家財や荷物が全部届いたわけではないが、大筋の見通しを得て昼食。少々早めに退去させていただいた。

葉月

「チョウの好み」

・モンシロチョウは、キャベツ畑によく見る

・モンキチョウはレンゲやシロツメグサなどを好む

・夏蝶の代表クロアゲハは、柑橘類を好む

・キアゲハは、パセリやニンジンなど香草に走る

・夏の蝶にも、好き嫌いや好みの草花がある

クロアゲハ & カラスアゲハ

1. 季節の風と自然

俄かなる豪雨の兆し揚羽舞ふ
芳しや白き山百合杉林
秋雨や朽葉を屋根に団子虫
バスの旅野菜カレーのラワン蕗

○俄かなる 豪雨の兆し 揚羽舞ふ

いのちや寿命についての規定には、いろいろあろう。対象とする生きものの種属によっても違う。人間は、生まれてから死ぬまでを寿命と言っているが、小さな虫や蝶などは、どのように規定されるのだろうか。卵でいる期間や幼虫や蛹（さなぎ）でいる期間を除いて、いわゆる成虫で生きている

杉林の 白山百合

期間をもって寿命とするのだろうか。幼虫や蛹の期間も含めて○○（蝶）の一生などというのだろうか。

誕生から死亡までで見るわれわれ人間の寿命でも、一人一人その人によって生存期間（寿命）は、千差万別。日本人の平均寿命が只今八十四歳になったというが、男（81歳）と女（87歳）では六歳も違う。日本のように（平均）寿命の長い国もあれば、バングラディッシュ（70歳）やロシア（71歳）のように短い国もある。人種やその国の気候や生活スタイルなどによって異なるのかもしれない。

小さな昆虫の代表のようなチョウ（蝶）も同じ。モンシロチョウのように成虫期寿命が二～三週間のような蝶もいれば、テングチョウやタテハチョウ類のように寿命が五～六か月から一年余になる蝶もいる。成虫になって二度も休眠（夏眠と冬眠）するようなテングチョウを別にすると、すぐ越冬する〝秋生まれ〟の蝶類の方（約五か月）が、〝夏生まれ〟の蝶たちの寿命（約一カ月）より長い。

よく俳句の季語になる「夏の蝶」たちの寿命は、大体一カ月。代表は、カラスアゲハやクロアゲハ(黒揚羽)だが、キアゲハやアゲハおよびアオスジアゲハなども多く見られる。

ツバメ（燕）や夏の蝶は、よくその地その時の夕立や突然の雷雨などを知らせるという。舞うように飛んだり、水溜りにとまったりと、ちょっと違った行動をするという。すてきな夏の蝶たちだ。

2. 季節の暮らしと人々

山の日の御巣鷹山や友の顔
核禁止遠くになりぬ長崎忌

鬼灯市（浅草寺）

食細き吾に蜩の鳴きやまず
浅草寺真っ赤な鬼灯夕涼み

○山の日の 御巣鷹山や 友の顔

海の日（七月の第三月曜日）があって山の日がないのは片手落ち、ということでできた〝山の日〟（八月十一日）。多くの働く人々に〝連休を〟ということでできたハッピーマンデー（制度）の例外になった。月オクレの盆休み（盂蘭盆会）に繋いでなら、八月十三、十四、十五日に繋ぐ八月十二日でよさそうだと思うが、八月十一日（固定）になった。

八月十二日は、あの忌まわしい御巣鷹山の日航機墜落事故（一九八五）を連想させてマズイということらしい。今年二〇一八年は、八月十二日が日曜日で、十一日から十六日までの六連休になりそうだが、来年（二〇一九年）はもっと長い連休になる。十一日（日）から十八日（日）までの八連休になる。大いに〝連休〟を楽しもう。

しかるに、巷のお盆休みに続く八月上旬は、毎年〝忌日〟の連続。六日、九日の広島忌、長崎忌から十五日の終戦忌（盂蘭盆会）の間にあった御須鷹山の日航機墜落事故の忌日（十二日）を前にした十日の群馬県防災ヘリ「はるな」の墜落事故。翌十一日の山の日を明日にした事故だ。御須鷹山事故で一人のシゴト友人を亡くしたわたしの忌まわしい事故に、とても盆休みや夏休みの気分にはなれない。

長崎平和記念式典

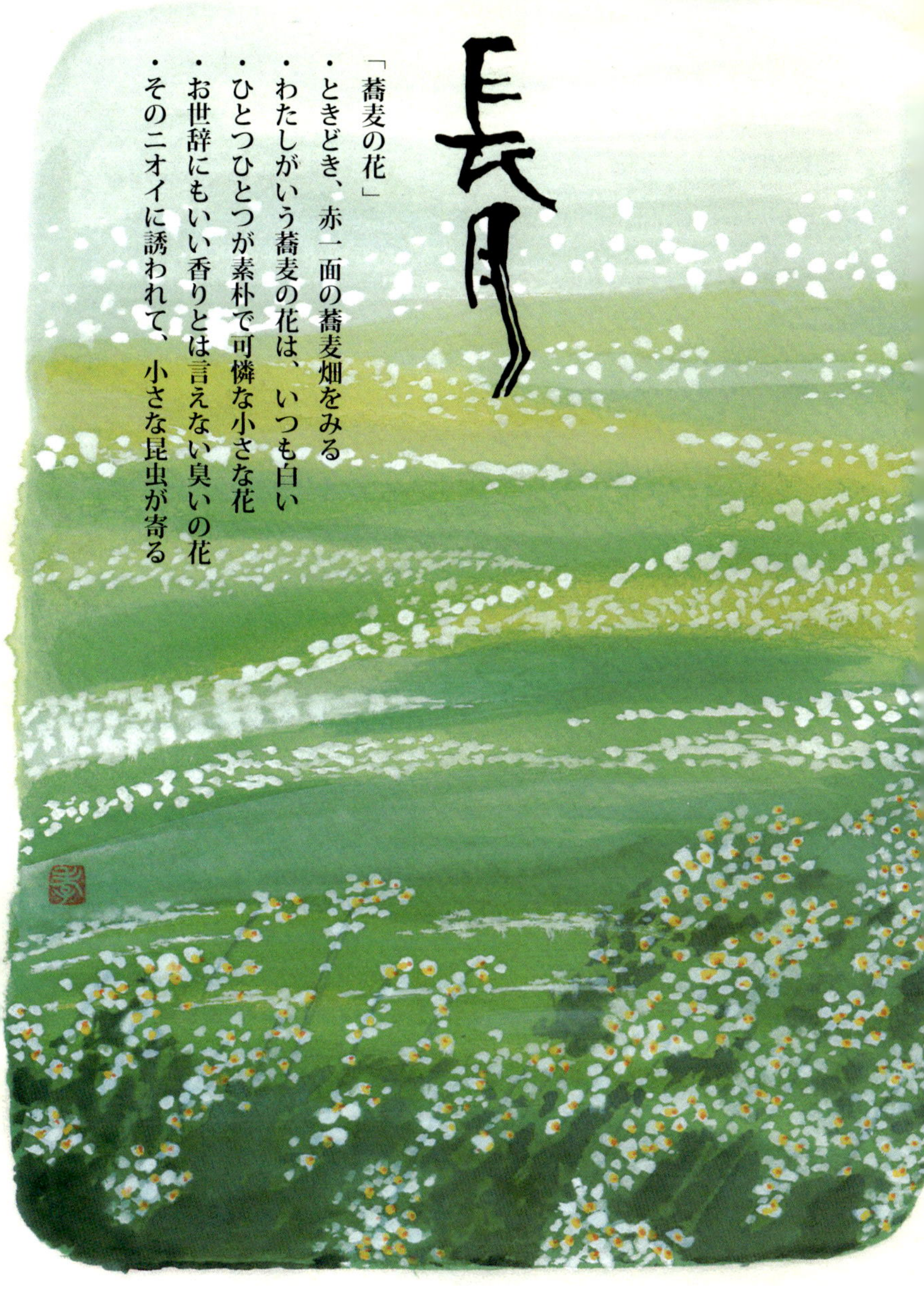

長月

「蕎麦の花」

・ときどき、赤一面の蕎麦畑をみる
・わたしがいう蕎麦の花は、いつも白い
・ひとつひとつが素朴で可憐な小さな花
・お世辞にもいい香りとは言えない臭いの花
・そのニオイに誘われて、小さな昆虫が寄る

白い蕎麦花畑

1．季節の風と自然

バイパスの標《しるべ》の白き蕎麦の花
青い空稲架《おだ》掛《が》けの先赤蜻蛉
借景を逆さに眺むる案山子かな
暑き秋列島駈ける颱風よ

○バイパスの標の白き 蕎麦の花
蕎麦というとザル（笊）やカケ（掛け）を想起する人と、蕎麦の花を想起する人に分かれるのかもしれない。いや、私はザルやカケでなく十割や二八蕎麦だとか、天ぷらや鴨せいろ蕎麦だという人がいるかもしれない。

稲架掛け

わたしは、即・真っ白な蕎麦の花、その蕎麦畑を想起する。うすいピンクの小さな蕎麦の花もあるが、真っ白い蕎麦の花畑が浮かぶ。どちらかというと、痩せた土の畑に作付け育てられる蕎麦だが、少し昔は 葉煙草をとった後地に作付けされていた。

その蕎麦といえば、常陸秋そばだ。わたしのふる里常陸太田のブランド蕎麦（広くは、茨城県特産）。この地の金砂郷は、赤土の在来品種がオリジンで、〝つけけんちんそば〟で食す。ただの（かけ）けんちん蕎麦とは一線を画すが、どのようにレシピし、どのように食べてもおいしい蕎麦だ。

2．季節の暮らしと人々

刈り終えし稲田の畦や曼珠沙華
人住まぬ垣根を覆う八重《やえ》葎《むぐら》
秋茄子の一夜漬喰う一人食《ば》み

病む国の治せぬ明日秋の鬱

○刈り終えし 稲田の畦や 曼珠沙華

秋の彼岸頃咲く曼珠沙華、彼岸花とも呼ばれる。誰からも、いつも、妖しいと思われる曼珠沙華。怖い、不気味、妖しいに加え、毒花や死人花などとも言われる。ホントは、仏教のサンスクリット語で〝天界に咲く花〟などといわれ、〝おめでたい〟ことが起こる花だという。悲しい。

事実、この曼珠沙華にはアルカロイドという毒成分がある。毒花や痺れ花といわれてもほぼ納得する。一方、この毒球根は田圃の畦道にあって、モグラや野ネズミを除去することに役立つ。稲田畦や田畑の土手などに宿根し、毎年真っ赤な花を

曼珠沙華

つけるのは、〝役立っている〟という彼岸花の主張なのかもしれない。

曼珠沙華と言われても彼岸花と言われても、この花はどこにでもある。埼玉は、日高市高麗川堤の巾着田や幸手市の権現堂堤が、彼岸花観賞地として有名。感謝して、観賞するようにしたい。

神無月
「吊るし柿」
・次郎柿などより大粒の渋柿
・その渋柿の皮を剥き、裸にする
・蔕（へた）先のT字小枝を縄紐に挟む
・縄紐の両端を結び、軒先や廂下に吊るす
・陽射しと北風が、美味しい干し柿を作る

吊るし柿

1．季節の風と自然

雨宿り廂に並ぶ吊るし柿
俯きて頬染めて咲く秋海棠《しゅうかいどう》
山寺の芭蕉の影や秋深し
遠刈田棚田の稲架《はざ》や秋の霜

○雨宿り 廂に並ぶ 吊るし柿

和風ドライフルーツの王様干し柿。代表は、吊るし柿。干し柿は、渋柿をつかう。富有柿や次郎柿などの甘柿は、使わない。甘柿で作ると、あまり甘くならず粉もふかない。何故だか、詳しいことは知らない。

小粒の渋柿は、剥いて串刺しして干すが、大粒

立石寺の山寺門

の渋柿は剥いて、縄や紐に挟んで、軒や廂の下で吊るし干しする。

真っ白い粉がふいた干し柿を好む人もいれば、少し干しが足りないような少し赤みの（生っぽい）干し柿を好む人もいる。おやつ菓子など何もなかった少年子ども時代には、ときどき親の目を盗んで、軒下に並ぶ吊るし柿を失敬したりした。

いまは、アカ（赤茶）、クロ（こげ茶）、シロ（白粉）などを、その時の気分などで食べ比べしている。吊るし柿は、田舎の風景でもある。

2. 季節の暮らしと人々

みちのくへ四寺回廊の秋の旅
秋深し尾瀬の木道を歩荷かな
母訪ぬ目と目で会話秋深し

豊洲へのターレの列や秋惜しむ

○みちのくへ 四寺回廊の 秋の旅

秋、とくに十月は神無月あたりの東北みちのくがいい。松尾芭蕉が「奥の細道」へ俳諧の旅に出た気持ちがわかる。ということで、みちのくへ四寺回廊の旅に出た。まずは、東北新幹線で、みちのくの入り口福島駅で下車。ここより、バス回遊の旅。

ここで四寺とは、山寺は宝珠山立石寺、平泉の金色堂は中尊寺、自然借景の日本庭園の毛越寺と、松島の瑞巌寺。

福島駅を出た観光バスは、東北自動車道から村田ＩＣ経由山形自動車道で遠刈田を通り立石寺

毛越寺横の紅葉

へ。立石寺、芭蕉碑を観て石段の山寺回遊。二日目は、蔵王ホテルを後に、遠刈田を経由村田から東北自動車道を一路平泉金堂&中尊寺を参詣し、毛越寺へ。

庭園の真ん中に大泉が池を配し、塔山など周辺の自然を借景した日本庭園の毛越寺を堪能し、バスは再びの東北自動車道を上り仙台の街並みを車窓に、松島は瑞巖寺へ。伊達正宗公が支援したという瑞巌寺本堂を参詣し、松島湾のクルーズ周遊。みちのく四寺回廊のバス旅を終える。

尾瀬

霜月

「吾亦紅」

・われもこう（吾亦紅）、吾木香とも書く

・花らしくない長楕円形の穂花をつける

・花の色をピンクや赤から、渋い紅紫に変える

・焦げた木と林檎の匂い花を 好む人は少ない

・「吾は違う」と思う花かも知れない

吾亦紅（佐野）

1．季節の風と自然

冬ざれや棚田の脇の添水跡《さうづ》
猪《いのしし》の穿《ほじく》る庭の小春かな
脱稿まだの朝散歩や吾亦紅
秋深し筑波の裾の柿の里

○冬ざれや 棚田の脇の 添水跡《さうづ》

もう冬。枯葉もすっかり落ち、木々は枯れ枝だけの裸になる。畑野の枯草が風にあおられ、土煙が舞う。家々も戸を閉ざす。刈り終えた稲田は稲架なども取り払われ、ただ刈り終えた稲の切り株や落穂を、野鳥が突く。

吾亦紅女郎花水引

棚田の畦や脇道は、落葉や枯れ枝に覆われ、境目もわからない。水田に引く水堀の木枠の樋や所々にみられた添水も、役目が終えたように跡型だけをみせる。今は、すべて電気牧柵に役目任せのようだ。

2. 季節の暮らしと人々

振袖や大人仕草の七五三
一枚の落葉踊るる分教場
銀杏散る介護ホームの朝早し
日米の蜜月あやし冬構え

七五三富岡八幡宮

○振袖や 大人仕草の 七五三

七五三は、陰陽での奇数（陽）になっているが、男女を問わずに〝子供の健やかな成長〟に感謝する風習的行事。三才の祝いは、男の子女の子共通で〝髪置き〟の儀、五才は男の子の〝袴着〟の儀、七才は女の子の〝帯解き〟の儀。男（五歳）女（七歳）それぞれ、年相応の晴れ着で氏神様に参拝する。女の子のほとんどが振袖姿。

三を重ねれば、三月三日（桃の節句）、五は五月五日（端午の節句）、七は七月七日（七夕の節句）、九は九月九日（重陽の節句）で、これに一月一日代わりの一月七日（人日の節句）を入れて五節句（節供）と呼んで、季節の節目を祝う。

陰陽（中国）説では、奇数が陽でポジティブで縁起のいい積極的な日、反対に偶数は陰でネガティブで縁起の良くない消極的な日だが、日（太陽）の陽に対する陰の月や春の陽に対する陰の秋などの二元（二極）論では、必ずしも説明できないことにも気づくべきだろう。日と月の間の宇宙や春と秋の間の夏や冬、男と女の間の中性（Xジェンダー）などにも、目を向けることが大事だ。

井の頭公園

師走

「飯桐の実」

・飯桐は、真っ赤な実をぶどうのようにつける

・青天に高々と、赤い実を掲げる

・桐（花）に遠く、南天（実）に近い

・晩秋の湖畔や公園の林に見つける

・真っ赤な実が、野鳥や人々を惹きつける

シャトーカミヤの飯桐の花（牛久）

1. 季節の風と自然

飯桐の実の真っ赤なり池の茶屋
青い空牛久大仏枯れ木立
怖々とハの字で歩く落葉坂
日本海漂着船の冷《すさ》まじき

○飯桐の実の 真っ赤なり 池の茶屋
　飯桐は結構背の高くなる落葉高木で、日本だと四月五月ごろ枝先に緑黄色の房花のような葉花をつけるが、それが真っ赤な実になるのは晩秋。赤い実が小鳥や人々を惹きつける。

　飯桐は全国に広く分布しているらしいが、わたしが魅せられたのは、茨城は牛久の牛久シャトー

井の頭池茶屋飯桐の房花

（シャトーカミヤ）の庭や東京は井の頭公園の雑木林などの晩秋の飯桐だ。

井の頭恩賜公園は、七井橋から弁財天側に歩く途中のカフェ茶屋庭林あたりの雑木の中に立つ飯桐。小春日和の晩秋、茶屋カフェでコーヒーなどを飲みながらゆっくり観賞できる。周りの緑葉や黄色葉などが、余計飯桐の真っ赤な実をひきたてる。

赤い木の実、ときどき食べられない（毒や苦さ）ものに出会うが、この飯桐の実も含め食べられる赤い実は多い。どちらかというとわたしたちは遠慮して、鵯（ヒヨドリ）などの野鳥たちのために譲ってあげたいと思う。

2. 季節の暮らしと人々

断捨離も片づけもせず煤はらひ
日月を注連縄に綯う老父かな

豪雪や地方創生視界ゼロ
嗜《たしな》みは俳句とブログ冬の旅

○断捨離も片づけもせず煤はらひ

日本人にある〝モッタイナイ〟精神は、大事。ずっと広めてほしい。小資源国の国土の小さな国だからこその精神なのか、〝開いて、耕して、蒔いて、育てて、刈る〟の農耕民族の心根からなのかは知らない。使い終ったり、使えなくなったモノでも、まずはとって置く。片づけることが苦手なのだ。

モノが豊かになり過ぎて、そして「断捨離」が出た。山下英子さん著書が火をつけた断捨離ブームもだいぶ過ぎた。不要なモノを処分し、減らす。余分に持たないスマート・ライフを指向する人たちが増えた。片づけとは、（要りそうに思えても、まずは）捨てることなのだと、運動している。

一年の〝すす〟（天井や家の隅々にたまったゴミ）を払い、掃除し清めて、新しい年を迎える習わしまたは行事を持つ日本人だからか、ふだんは結構片づけない。こまめに掃除しない。年末ぐらい、年に一回大掃除をすることは、大変合理的なのかもしれない。年神様を迎える神社の行事としての十二月十三日の〝煤払い〟が、庶民生活の年末の習わしになった。

すす払い

―あとがき―

ふり返れば、景気後退と低迷の平成の三十年でした。今年、喜寿の私にとって平成後半の十年は、小さな企業団体の事務局に勤め、友人協力者に恵まれ自適な生活でした。だから七十歳を過ぎて始められた俳句、続けてこられた俳句だったように思えます。

四季自然の草花や小さな生きものと風に触れ、やさしいシゴト仲間と簡素や幽玄を生き様にする師友たちとの交流が、私をして俳句を嗜みにさせてくれたのだと思います。わたくしが喜寿の記念にと、四冊目の私撰俳句集をまとめてみようとしたのも、このような環境と友人たちの支えがあったからにほかなりません。

平成三十年の十二月までを待てず、九月から十二月までを昨年（平成二十九年）の句集からの選句にし、平成三十年一月から八月までの俳句につないで、一月から十二月までの平成三十年の月季私撰百句集にしました。私撰した月々の俳句や季節の風などを月扉絵に画いてくださったのは、師友の谷内田孝さんです。ありがとうございます。

末尾になりますが、拙い句集をご購読くださった読者の方々と、句集を「本」にしてくださった湘南社の田中社長に、感謝申し上げます。

平成三十年（２０１８年）十二月　著者　吉澤兄一

●著者プロフィール

吉澤兄一　よしざわけいいち
1942年神奈川県生まれ
東京都板橋区在住
茨城県立太田第一高等学校
早稲田大学政経学部卒業
調査会社、外資系化粧品メーカー、マーケティングコンサルタント会社などを経て、現在、キスリー商事株式会社顧問。

著書
『超同期社会のマーケティング』（2006年 同文館出版）
『情報幼児国日本』（2007年 武田出版）
『不確かな日本』（2008年 武田出版）
『政治漂流日本の2008年』（2009年 湘南社）
『2010日本の迷走』（2010年 湘南社）
『菅・官・患！被災日本2011年の世情』（2011年湘南社）
『2012年世情トピックスと自分小史』（2012年湘南社）
『マイライフ徒然草』（2013年湘南社）
『私撰月季俳句集 はじめての俳句』（2015年湘南社）
『私撰月季俳句集 日々折々日々句々』（2016年湘南社）
『私撰俳句とエッセイ集 四季の自然と花ごころ』
（2018年湘南社）

キスリー商事株式委会社顧問
常陸太田大使
e-mail：mkg910@extra.ocn.ne.jp
吉澤兄一のブログ : http://blog.goo.ne.jp/k514/

●カバー表紙画・挿画＝谷内田孝

平成三十年喜寿記念　月季俳句　百句私撰集

発　行　　2018年12月5日　第一版発行
著　者　　吉澤兄一
発行者　　田中康俊
発行所　　株式会社　湘南社　http://shonansya.com
　　　　　神奈川県藤沢市片瀬海岸3－24－10－108
　　　　　TEL 0466－26－0068
発売所　　株式会社　星雲社
　　　　　東京都文京区水道1－3－30
　　　　　TEL 03－3868－3275
印刷所　　モリモト印刷株式会社

ISBN978-4-434-25416-1　　C0095